MW01227428

le haricot
magique
Librairie pour enfa
et jeux éducatifs

Traduit de l'allemand par Pierre Beck et Betty Léonard

ISBN : 2-07-050597-9
Titre original : *Der Rennwagen*
© Gertraud Middelhauve Verlag, 1983, pour le texte et les illustrations
© Éditions Gallimard Jeunesse, 1983, pour la traduction française,
1988, pour l'édition en Folio Benjamin
Numéro d'édition : 79114
Loi n° 49-956 du 16 juillet 1949
sur les publications destinées à la jeunesse
Dépôt légal : novembre 1996
© Christiane Schneider und Tabu Verlag Gmbh, München
pour le design de la couverture
Imprimé en Italie par la Editoriale Libraria

Gallimard Jeunesse

La promenade des trois amis

Helme Heine

folio benjamin

Il y a beaucoup de fermes
au monde, mais aucune ne ressemble
à Campanipol.

Campanipol est grande,
si grande que tous y trouvent place.

Campanipol est petite,
si petite qu'elle a sa place
même dans le cœur le plus petit.

Campanipol n'est à personne,
comme l'air et le soleil
ne sont à personne.

Campanipol est à tout le monde,
comme la terre entière est
à tout le monde.

Et ce ne sont pas nos trois amis, Jean Campagnol, François Lecoq et le bon gros William qui vous diront le contraire.

Un matin ils se retrouvèrent avant le lever du jour sur le tas de fumier. De sa queue, Jean Campagnol vérifia la direction du vent.

Le bon gros William attacha François Lecoq bien solidement. « Nous devons décoller contre le vent », déclara François, et il se mit à battre des ailes.

Le décollage fut un succès. François s'éleva dans le ciel matinal comme un cerf-volant. Une fois là-haut il devait lancer son terrible cocorico au-dessus de Campanipol.

Mais il ne lança rien du tout.

Alors ses compères le firent descendre et lui demandèrent :

« Qu'est-ce qui ne va pas ? »

François défit la ficelle qu'il avait autour du cou et laissa échapper :

« Trop serré ! »

Dès que François fut libéré, les trois amis coururent à l'étable pour réveiller Campanipol comme ils le faisaient d'habitude. Car, avec tout ça, il était déjà bien tard.

Ils déjeunèrent dans la niche d'Albert, qui était parti suivre la piste d'un lièvre, et ils décidèrent de ce qu'ils allaient faire de leur journée.

Sur leur vélo, chacun à son poste, ils quittèrent Campanipol, dont les toits rouges ressemblèrent bientôt à des pétales de coquelicots.

Ils roulèrent jusqu'à la cascade, s'y rafraîchirent de la tête aux pieds et décidèrent, pour rentrer, de prendre le raccourci par la décharge.

Ils poussèrent prudemment leur bicyclette à travers les débris de verre et de ferraille. Soudain, le bon gros William découvrit une marmite. « Je l'emporte » dit-il. Ses deux amis, jaloux de sa trouvaille, se mirent à chercher de leur côté.

Quand François sortit un vieux patin à roulettes de dessous la cendre, la marmite de William ne comptait déjà plus.

Et quand Jean dénicha une vieille charrette derrière un canapé, ce fut lui le plus fort.

« Allez, on l'essaie tout de suite »,
proposa William. François caquetait
déjà d'enthousiasme, mais Jean coupa
court à leur empressement : « C'est ma
charrette, et je ferai le premier tour
tout seul. »

Il ne fut pas question de le
contredire.

Il s'éloigna tout fier, plantant là ses amis. En haut de la pente, il s'assit à califourchon sur le timon et démarra.

Ah, quel voyage mes amis !

Mais tout à coup l'essieu avant cassa...

Le bolide se renversa et Jean Campagnol dégringola dans une avalanche de gravats et de ferraille.

Aussi vite que possible, William dévala la pente tandis que François Lecoq l'assurait avec une corde.

« Il est vivant ! » cria William. Il prit délicatement Jean dans ses gros bras et remonta.

« Je vais chercher de l'eau » bre-
douilla François. Il s'empara de la
marmite de William et fila sur son
patin rouillé.

En vidant la marmite sur la tête du
pauvre blessé inconscient, William

était inquiet : « Espérons que cela va suffire. »

A ce moment, Jean entrouvrit les yeux et balbutia :

« A trois, c'est quand même mieux. »

Jean Campagnol était encore trop faible pour rentrer en vélo. Alors ses amis remontèrent la charrette, la remplirent de bon foin parfumé et y allongèrent le blessé.

François Lecoq, sur son patin, servit de roue de secours et le bon gros William fit un excellent moteur. A la première descente, ils étaient de nouveaux ravis.

Jean Campagnol se remit de sa chute et, ensemble, ils gagnèrent maintes courses contre le tracteur du fermier Célestin.

Car, qui saurait être plus fort que trois vrais amis ?

Helme Heine est né à Berlin 1941. A peine eut-il achevé ses études de Sciences économiques et d'histoire de l'Art qu'il quitta l'Allemagne pour voyager en Asie et en Afrique. Helme Heine a vécu dix ans à Johannesburg, la capitale de l'Afrique du Sud. Il y a même fondé un cabaret : « La Choucroute. »

Maintenant, Helme Heine vit à Munich. Son premier livre pour enfants, *Un éléphant ça compte énormément* (Folio Benjamin), est paru en 1976 ; il a reçu le prix graphique de la foire de Bologne. Depuis, nous avons pu lire *Fier de l'aile* (Enfantimages), *Fantadou, Tante Praline, Oncle Sabreur et Monsieur Grimoire* (Albums), *Le Mariage de cochonnet* et *Trois amis*, qui sont maintenant des Folio Benjamin. Tous les livres de Helme Heine sont traduits en 16 langues et adaptés au théâtre ou à la télévision.

Quelques mots difficiles

Le **cocorico,** c'est bien entendu le chant du coq ; mais savez-vous que les Allemands nomment ce chant « Kikeriki », et les Anglais « cock-a-doodle-do » ?

L'**essieu** est la barre dont chacun des bouts retient une roue. Les deux essieux de la charrette supportent le poids du véhicule.

Les **gravats** désignent l'ensemble des matériaux que l'on obtient quand on démolit un mur ou une maison.

Le **timon** est la longue barre de bois ou de fer qui sert à attacher la charrette au tracteur ou à laquelle on attelle les chevaux.

Si tu as aimé ce livre, voici d'autres titres
de la collection *folio benjamin* adaptés à ton âge